Vente du Mardi 3 Avril 1877

HOTEL DROUOT, SALLE N° 4

105 DESSINS

PAR

FRANCISCO GOYA

EXPOSITION PUBLIQUE : le Lundi 2 Avril 1877

DE UNE HEURE A CINQ HEURES.

COMMISSAIRE-PRISEUR.

M᷈ MAURICE DELESTRE,

27, rue Drouot.

EXPERT.

M. FÉRAL, PEINTRE,

54, rue du Faubourg-Montmartre.

CATALOGUE

DE

105 DESSINS

PAR

FRANCISCO GOYA

DONT LA VENTE AURA LIEU

HOTEL DROUOT, SALLE N° 4

Le Mardi 3 Avril 1877

A DEUX HEURES

Par le ministère de Mᵉ MAURICE DELESTRE, Commissaire-Priseur, 27, rue Drouot,

Assisté de M. FÉRAL, Peintre-Expert, 54, rue du Faubourg-Montmartre.

Chez lesquels se trouve le présent Catalogue.

EXPOSITION PUBLIQUE : le Lundi 2 Avril 1877,

DE UNE HEURE A CINQ HEURES.

CONDITIONS DE LA VENTE

Elle sera faite au comptant.

Les acquéreurs payeront, en sus des adjudications, *cinq pour cent* pplicables aux frais.

PARIS.—Imp. PILLET et DUMOULIN, rue des Grands-Augustins, 5.

PREMIÈRE SÉRIE

Avec titres de l'auteur

DESSINS A L'ENCRE DE CHINE

1 — Contente de son sort.

2 — La dévotion la console.

3 — Travailler et se taire.

4 — Plains-toi au temps.

5 — Ne pas remplir autant le panier.

6 — Apprends à voir.

DEUXIÈME SÉRIE

DESSINS A LA SÉPIA

44 — Cavalier attaqué par des chiens.

45 — Un Homme blessé.

46 — Une Correction.

47 — Le Cheval qui se cabre.

48 — Une Invitation.

49 — Une Situation critique.

50 — Joyeuse compagnie.

51 — Des Baigneurs.

52 — Une Correction.

53 — Dénicheur d'aigles.

54 — Un Sculpteur.

55 — Chasseur et son chien.

TROISIÈME SÉRIE

Avec titres de l'auteur

———

DESSINS A L'ENCRE DE CHINE

56 — Chasseur visant un oiseau.

57 — Autre chasseur.

58 — Chasseur au marais et son chien.

59 — Un portefaix.

60 — Sauvages dans une grotte.

61 — Un glouton.

62 — Une jeune femme.

63 — Rêve d'un trésor. (*Au verso:*) Il chante pour celui qui le fit.

64 — Caricature de Las Carracas. (*Au verso.*) Le Jour de son saint.

65 — Il l'inscrit comme hermaphrodite. (*Au verso.*) Il coupe la vieille.

66 — Il y a aussi des mascarades d'ânes lettrés. (*Au verso.*) Conversation galante.

67 — Trois personnages. (*Au verso.*) Jeune fille debout.

68 — Ils sont très-satisfaits de passer pour des hommes grands. (*Au verso.*) Fatale disgrâce.

69 — Conversation galante. (*Au verso.*) Les Suites d'un duel.

70 — La Déclaration. (*Au verso.*) Le Collier.

71 — La Toilette. (*Au verso.*) Conversation.

72 — Les Chanteurs. (*Au verso.*) La Cruelle.

73 — La Tante Chorriones allume le bûcher. (*Au verso.*) La Femme demande des comptes à son mari.

74 — S'éveille d'un long sommeil et s'effraie. (*Au verso.*) Feint d'être endiablée pour qu'on la conduise à la cérémonie de la Fête-Dieu.

75 — Les Fileuses (*Au verso.*) Les Peureuses.

76 — Ne fais grâce à personne, mais ne cause pas autant de mal qu'un mauvais médecin. (*Au verso.*) Fiancée discrète et repentante se présente sous cette forme à ses parents.

QUATRIÈME SÉRIE

Avec titres de l'auteur

DESSINS A L'ENCRE DE CHINE

77 — Il n'en peut plus avec ses quatre-vingt-dix-
huit ans.

78 — Le Cauchemar.

79 — Autre cauchemar.

80 — La Bouillie.

81 — Il roule dans un escalier.

82 — Gare aux conseils.

83 — Il méprise les insultes.

84 — Ne te fie pas à cette vieille.

85 — Ils montent joyeux.

86 — Ils descendent.

87 — Rêve de maux.

88 — Ne pleure pas, misérable.

89 — Il ne sait pas ce qu'il fait.

90 — L'aveugle travailleur.

91 — C'est de ta faute.

92 — Tu passes un mauvais temps.

93 — La Philosophie.

94 — Le travail récompense toujours.

95 — Gare à ce pas.

96 —. Bon équilibre.

97 — La Concorde.

98 — Tes cris ne servent à rien.

99 — Travail pénible mais nécessaire

100 — Le Laboureur.

101 — Les Erreurs, il se marie de nouveau.

102 — Très-d'accord.

103 — Mauvaise chance.

104 — Elle laisse tout à la Providence.

105 — Une femme à barbe.

> Au-dessous on lit l'inscription suivante :
> Le portrait de cette femme fut fait à Naples par
> J. Ribera, vers l'an 1640.